Analyse de l'œuvre

Par Vincent Jooris
et Florence Balthasar

Le Parfum

de Patrick Süskind

lePetitLittéraire.fr

Rendez-vous sur lepetitlitteraire.fr et découvrez :

Plus de 1200 analyses
Claires et synthétiques
Téléchargeables en 30 secondes
À imprimer chez soi

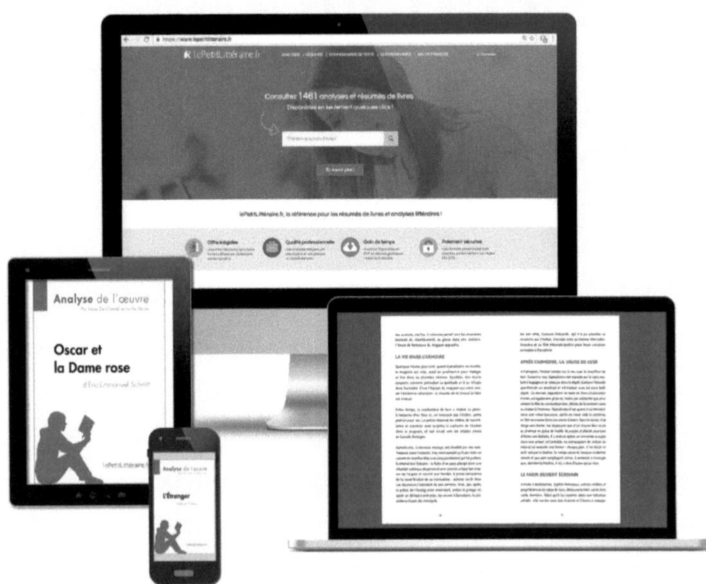

PATRICK SÜSKIND

ROMANCIER, NOUVELLISTE, DRAMATURGE ET SCÉNARISTE ALLEMAND

- **Né en 1949 à Ambach (Allemagne)**
- **Quelques-unes de ses œuvres :**
  - *La Contrebasse* (1981), pièce de théâtre
  - *Le Pigeon* (1987), roman
  - *Un combat et autres récits* (1996) nouvelles

Né en 1949 à Ambach, en Bavière, Patrick Süskind est le fils d'un journaliste. Après des études d'Histoire à Munich et à Aix-en-Provence, il commence à écrire, mais ne publie rien. Il fait toutefois représenter *La Contrebasse*, en 1981. Cette pièce de théâtre est constituée du monologue d'un musicien dont la vie est entièrement conditionnée par son instrument. *Le Parfum*, énorme succès, est édité en février 1985. *Le Pigeon*, publié en 1987, raconte la vie d'un gardien refoulant tout imprévu par une organisation méthodique. En somme, Süskind brille dans la description d'individus isolés et monomaniaques. Il a également participé à l'écriture de scénarios pour la télévision. L'auteur lui-même reste très discret sur le plan médiatique.

LE PARFUM

UNE DESCRIPTION VIRTUOSE DE L'ODORAT

- **Genre :** roman
- **Édition de référence :** *Le Parfum*, traduit de l'allemand par Bernard Lortholary, Paris, Fayard, 1986, 363 p.
- **1re édition :** 1985
- **Thématiques :** odorat, obsession, meurtre, talent, folie, solitude, pulsion

Das Parfüm – Die Geschichte eines Mörders (*Le Parfum – Histoire d'un meurtrier*) se déroule dans la France du xviiie siècle. Le roman raconte la vie d'un orphelin marginal à l'odorat hors du commun, qui devient tueur en série afin de créer un parfum au pouvoir irrésistible.

Ce roman domine les ventes dans les librairies allemandes pendant plusieurs années. L'année de sa sortie, au moins 400 000 exemplaires sont vendus, et l'histoire est traduite dans plus de quarante langues.

RÉSUMÉ

L'ENFANCE DE GRENOUILLE

Le 17 juillet 1738, au marché du cimetière des Innocents, à Paris, une poissonnière accouche sous un étal. Supposant que l'enfant est mort-né comme ceux qu'elle a eus auparavant, elle l'abandonne. Mais le bébé vit et se met à crier, attirant l'attention des badauds. La mère est condamnée à mort et exécutée. Ayant reçu le nom de Jean-Baptiste Grenouille, le petit est remis à une nourrice. Troublée par l'absence d'odeur du nourrisson, elle le laisse à un moine, qui le confie à son tour à la sévère Mme Gaillard : celle-ci recueille des enfants pour de l'argent. Chez elle, l'animosité instinctive des congénères de Grenouille les pousse à le maltraiter et même à tenter de l'étouffer. Pendant ce temps, le jeune garçon s'aperçoit de son affection pour les odeurs et commence à s'y intéresser de plus près.

Vers 8 ans, Jean-Baptiste est engagé comme tâcheron chez Grimal, un tanneur brutal. Les tanneries dégagent des odeurs nauséabondes, mais curieusement cela n'indispose pas Grenouille. Toutefois le travail y est exigeant, et l'apprenti contracte une splénite (inflammation de la rate) à laquelle il survit de façon inespérée. Se déplaçant souvent dans Paris, il développe son odorat. Dans son catalogue olfactif, il répertorie bientôt toutes les senteurs de la capitale.

LA RÉVÉLATION

Le soir du 1er septembre 1753, l'adolescent perçoit une odeur insolite qui le bouleverse. Remontant jusqu'à sa source, il trouve une jeune fille épluchant des mirabelles dans la rue des Marais. Obnubilé par cet arôme qu'il veut posséder, il en vient à asphyxier mortellement l'adolescente. Il renifle son corps avidement, se soulant de son odeur, avant que l'effluve ne disparaisse. Ce moment détermine la vie de Grenouille, qui se donne un objectif : devenir le meilleur parfumeur de l'univers. Subjugué par des sens qu'il ne contrôle pas, il devine qu'il lui faut développer ses connaissances et apprendre les techniques du métier.

Grenouille n'a pas encore conscience qu'il ne dégage aucune odeur corporelle. À ce stade, il ne se doute pas qu'il tuera des dizaines de personnes pour extraire leur odeur et se fabriquer la fragrance ultime, qui assujettira quiconque la sentira.

L'APPRENTISSAGE DE LA PARFUMERIE

Grenouille parvient à se faire embaucher comme apprenti chez Giuseppe Baldini, un maitre parfumeur. Dans sa boutique du Pont-au-Change, Jean-Baptiste crée d'instinct de nouvelles fragrances qui font le succès commercial de son patron. Il se moque que celui-ci s'enrichisse sur son dos et qu'il s'attribue la paternité des parfums qu'il vend : l'adolescent veut avant tout profiter de l'atelier du maitre. Il apprend la technique de la distillation, qui permet d'extraire le parfum des fleurs. Cependant, elle ne permet pas de capturer les odeurs d'objets inertes comme les métaux, le verre, etc., ce qui rend Grenouille malade de déception. Baldini lui apprend alors l'existence d'autres procédés, enseignés dans la ville de Grasse. Cette nouvelle revigore Jean-Baptiste sur-le-champ. Pour pouvoir être reçu à Grasse, l'apprenti doit obtenir le statut de compagnon, ce que son maitre lui accorde après l'avoir exploité durant trois ans. Jean-Baptiste quitte donc Paris en 1756.

LA RECHERCHE D'UNE ESSENCE PARFAITE

En chemin, l'odeur humaine insupporte Grenouille de plus en plus. Il évite les villages et sa répugnance le pousse à trouver refuge dans une grotte au Plomb du Cantal, un endroit isolé en Auvergne. Reclus pendant sept ans, Jean-Baptiste passe en revue son inventaire olfactif : il se remémore tous les parfums qu'il a connus, surtout celui de la jeune fille de la rue des Marais. Un jour, Jean-Baptiste rêve de sa propre odeur, ce qui le terrifie. Découvrant l'inexistence de celle-ci, il décide de quitter la grotte. Par la suite, il comprendra que s'il passait jadis inaperçu, c'était en raison de son absence d'odeur. Il décide donc de se fabriquer un parfum de substitution.

À son retour à la civilisation, Grenouille rencontre le marquis de la Taillade-Espinasse, un scientifique qui l'utilise pour prouver ses théories. Par ailleurs, Grenouille se lance dans des expérimentations et il comprend l'emprise des senteurs sur l'esprit humain. Dès lors il décide d'approfondir sa quête : créer un parfum capable de dominer et d'asservir les hommes.

LA RÉCOLTE DES ODEURS

Arrivé à Grasse, Grenouille travaille chez Mme Arnulfi. Le compagnon Druot (l'amant de Mme Arnulfi), lui apprend la technique de l'enfleurage. Entamant ses propres expérimentations, Jean-Baptiste découvre que cette méthode permet de saisir l'odeur des êtres vivants et perfectionne son savoir-faire.

Par ailleurs, Grenouille est subjugué par l'odeur de Laure Richis, la fille du deuxième consul, qui dépasse de loin celle de la petite Parisienne tuée quelques années auparavant. Dans sa quête du parfum absolu, il commence à récolter les odeurs de belles jeunes filles vierges : pour cela, il en tue 24. La frayeur s'empare de Grasse. Craignant pour la vie de sa fille, Richis l'emmène loin de la ville. Jean-Baptiste, pour qui l'odeur de Laure est indispensable, les rattrape et la tue.

L'ÉCHEC DE GRENOUILLE

Grenouille est arrêté quelques jours plus tard, mais il a eu le temps de réaliser son chef-d'œuvre grâce à l'odeur de la jeune fille, associée à celles des autres victimes. Sur l'échafaud, Jean-Baptiste pose sur lui une infime goutte de son parfum. L'effet est immédiat : le public est ébranlé, perd la raison, et une immense bacchanale se produit autour de l'échafaud. Ainsi, le parfum est capable de provoquer l'amour des hommes, alors que lui-même hait l'humanité. Malgré la liesse qu'il suscite, Grenouille ne ressent aucun sentiment. Perçu comme un être pur, il est acquitté. Le père de Laure l'adopte même. Cependant, Grenouille retourne à

Paris.

Jean-Baptiste Grenouille constate son échec : d'une part, il hait toujours l'humanité, d'autre part, il n'aura jamais d'odeur propre, donc pas d'identité. Sa vie lui paraissant vaine, il décide de retourner sur son lieu de naissance. Dans la nuit du 25 au 26 juin 1767, parmi les voleurs, les criminels et les marginaux, il s'asperge de tout son flacon. Stupéfiée, croyant voir un ange, l'assistance est prise de l'irrésistible désir de s'emparer de lui. Son corps est dépecé et ses assaillants le dévorent, ne laissant aucune trace de Jean-Baptiste Grenouille.

ÉTUDE DES PERSONNAGES

JEAN-BAPTISTE GRENOUILLE

Grenouille est un enfant abandonné par sa mère qui le croyait mort-né. Durant son enfance, personne ne s'est réellement occupé de lui, ni ne l'a éduqué. Balloté d'un individu à l'autre, il a vécu replié sur lui-même.

Son inadéquation au monde

Jean-Baptiste Grenouille ne semble pas être né sous une bonne étoile. Le lecteur le remarque dès le début de son histoire avec les circonstances de sa naissance. Au regard de son parcours, de l'enfance à l'âge adulte, sa relation avec les autres est plus que compliquée. Il passe de nourrice en nourrice, puis de tannerie en parfumerie. Partout, une sorte de malaise se crée : il est sans cesse rejeté. Sa première nourrice voit en lui un fils du diable ; le père Terrier est mal à l'aise en présence du nourrisson qui semble sentir au-delà de ses vêtements ; les pensionnaires de Mme Gaillard tentent de le tuer ; et Mme Gaillard, quant à elle, lui attribue le don funeste de seconde vue.

Grenouille inspire des sentiments interprétés différemment par les protagonistes (possession, malaise, peur, méfiance), mais tous mènent au rejet. Il n'éprouve toutefois pas l'envie de se faire aimer et accepter : il n'aime pas les gens, et leurs odeurs en particulier. « Ce qu'il ressentait le plus comme une libération, c'était l'éloignement des hommes » (deuxième partie, chapitre XXIII). Cette misanthropie le pousse même à rester dans une grotte sept années durant.

Il découvre ensuite une des raisons de ce rejet : il n'a pas d'odeur. Sans odeur, les gens ne le sentent pas arriver, « [t]out jeune déjà, il s'était habitué à ce que les gens ne le remarquent pas, non par mépris (comme il l'avait cru [...]), mais parce que rien ne les avertissait de son existence » (deuxième partie, chapitre XXXII).

Il est donc en inadéquation avec le monde qui l'entoure : il est longtemps resté dans l'incompréhension de son rejet et de la société, et la société ne l'a pas non plus compris ni reconnu comme un être humain. Il n'a ainsi pas pu comprendre les règles qui régissent le monde (comme les limites entre le Bien et le Mal), et personne ne les lui a apprises.

Son physique

Au fil de sa vie, Grenouille connait plusieurs maladies qui l'enlaidissent et le fortifient. Sa laideur est plusieurs fois mentionnée :

> « Il était capable de vivre pendant des jours de soupes claires, de se nourrir du lait [...] et la viande la plus avariée. Au cours de son enfance, il survécut à la rougeole, à la dysenterie, à la petite vérole, au choléra, à une chute de six mètres dans un puits [...]. Certes, il en garda des crevasses et des escarres, ainsi qu'un pied quelque peu estropié et qui le faisait boiter, mais il vécut [...]. » (première partie, chapitre IV)

> « Il attrapa une splénite, redoutable inflammation de la rate qui frappe le tanneur et entraîne généralement la mort [...]. Mais contre toute attente, il survécut à sa maladie. Il n'en garda que les cicatrices [...], qui le défigurèrent et le rendirent encore plus laid que jamais. » (première partie, chapitre VI)

Néanmoins, l'odeur de son parfum donnera l'illusion d'une beauté parfaite à ceux qui le regarderont : les humains voient avec leurs yeux, mais ils ne se doutent pas que leur nez les influence également. C'est par ce canal que Grenouille les charme :

> « Grenouille était debout et souriait. Ou plutôt il paraissait, aux gens qui le voyaient, le plus innocent, [...] le plus merveilleux et le plus séduisant du monde. Mais en réalité, ce n'était pas un sourire, c'était un affreux rictus cynique qui flottait sur ses lèvres [...]. » (troisième partie, chapitre XLIX)

Son odorat

Bizarrement, Grenouille n'exhale aucune odeur propre. En contrepartie, il est doté d'un extraordinaire sens olfactif. Il développe ce don quasiment surnaturel très tôt. En effet, ses premiers mots se rapportent à des sources d'odeurs : « Poisson, géranium, étables aux chèvres, chou frisé, [...]. » (première partie, chapitre V) Les fortes impressions olfactives sont les seules choses signifiantes pour lui. Il commence alors à systématiser sa façon de sentir, en imprimant le nom de toutes les odeurs dans son cerveau : « Il buvait cette odeur, il s'y noyait, s'en imprégnait par tous ses pores et jusqu'au plus profond, devenait bois lui-même [...] jusqu'à ce qu'au bout d'un long moment, une demi-heure peut-être, il éructe enfin le mot "bois" » (première partie, chapitre V).

À cela s'ajoute une incroyable faculté d'imaginer des senteurs nouvelles, créées de toutes pièces :

> « Même dans la cuisine olfactive de son imagination créatrice

> et synthétisante, où il composait sans cesse de nouvelles combinaisons odorantes [...]. C'étaient des bizarreries, qu'il créait pour les démonter aussitôt, comme un enfant qui joue avec des cubes, inventif et destructeur, et apparemment sans principe créateur. » (première partie, chapitre VII)

Son nom

Le prénom Jean-Baptiste renvoie au personnage biblique. Jean le Baptiste est « celui qui oint », ce qui évoque la vocation de parfumeur du protagoniste. Comme son homonyme, il aura vécu en ermite, mangeant des insectes, et mourra de façon atroce.

Le nom de Grenouille est plus insolite. Tout d'abord, il fait penser aux ingrédients qu'une sorcière place dans sa marmite. D'ailleurs, dès sa naissance, Grenouille apparait entouré d'autres composants potentiels : melons pourris, corne brulée, têtes de poisson, essaim de mouches, etc. Ensuite, les amphibiens naissent dans les milieux aquatiques, tout comme Grenouille qui a vu le jour parmi des poissons. En outre, la grenouille est un animal issu des marécages, or la première victime du protagoniste vivait rue des Marais. Enfin, la grenouille est connue des biologistes pour ses lobes olfactifs surdéveloppés par rapport au reste de son cerveau. Ce nom semble donc, lui aussi, prédestiné.

Son entourage

Tous ceux qui abusent de Grenouille et le méprisent connaissent une fin horrible ou pathétique. Alors que le garçon leur donne de grands espoirs de réussite, ils l'exploitent et lui montrent leur côté le plus écœurant. Jean-Baptiste ne les tue pas lui-même, mais il semble que le sort contribue à le venger :

- sa mère, qui veut l'abandonner, est guillotinée ;
- Mme Gaillard vend Grenouille à Grimal, bafouant ainsi sa morale. Elle mourra à l'Hôtel-Dieu, partageant le lit de cinq autres femmes, ce qu'elle avait redouté toute sa vie ;
- Grimal, le tanneur, ne respecte que le travail. Il apprécie l'irremplaçable Grenouille, mais le loge comme une bête. Il cède son tâcheron à Baldini, boit tout l'argent et meurt d'une chute : il s'est laissé aller, contrairement à ses principes ;
- Giuseppe Baldini, maitre parfumeur, considère ses jeunes concurrents comme des imposteurs attirés par le gain. À son tour, il usurpe le génie de Jean-Baptiste pour s'enrichir. Après le départ de Grenouille, sa maison de Pont-au-Change s'écroule et le noie ;
- le marquis de la Taillade-Espinasse, passionné de théories scientifiques, se sert de Grenouille pour duper un jury et le convaincre de ses thèses. Jean-Baptiste ayant fui, le marquis reste absorbé par ses recherches. Persuadé par ses propres supercheries, il disparait dans la montagne du Canigou pour les prouver ;
- Mme Arnulfi, veuve joyeuse, et Druot, son amant, jouissent d'un compagnon débordant de talent, travaillant jour et nuit : Grenouille. Leurs affaires tournent grâce à ce seul ouvrier qui se tue à la tâche. À la fin du roman, Druot est exécuté à la place de Jean-Baptiste, laissant Arnulfi encore plus seule et démunie qu'auparavant.

Ces profiteurs, Grenouille les usera à son tour, à sa façon : il reste près d'eux tant qu'ils servent son initiation olfactive. C'est pourquoi les personnages que Jean-Baptiste croise sont secondaires. La narration les observe sous un angle particulier : la manière dont ils ont amené Grenouille à poursuivre son chemin. Toute l'histoire se construit autour du protagoniste principal.

Ses victimes

La première victime de Grenouille est la jeune fille de la rue des Marais qui épluche des mirabelles :

> « [Il] ne parvenait pas à comprendre qu'un parfum aussi exquis pût émaner d'un être humain [...]. Cent-mille parfums paraissaient sans valeur comparés à celui-là [...]. Lui [...] ne la regardait pas [...] tandis qu'il l'étranglait, et n'avait d'autre souci que de ne pas perdre la moindre parcelle de son parfum. » (première partie, chapitre VIII)

À Grasse, Grenouille flaire une odeur semblable, celle de Laure Richis. Il décide cependant de perfectionner ses talents et son savoir avant d'agir, d'attendre que l'exhalaison soit idéale :

> « Il le voulait ce parfum [...] se l'approprier [...] en faire son propre parfum [...]. Il avait deux ans pour apprendre [...]. La fleur qui s'y épanouirait n'avait pas besoin de lui [...]. Il fallait qu'il se plonge dans le travail. Qu'il accroisse ses connaissances et perfectionne ses capacités techniques, pour être prêt à la saison de la récolte. » (troisième partie, chapitre XXXV)

Pendant ces deux années de préparation, il planifie les meurtres de 24 autres jeunes filles. Il les assomme d'un coup de matraque, juste pour récolter leur odeur en vue de la fabrication future de son parfum. Méticuleusement, il les enveloppe nues dans un linge enduit de graisse, leur rase la chevelure et leur ôte leurs vêtements pour extraire leur senteur. Il les choisit brunes, « de type bien marqué », ayant entre 15 et 18 ans, « ce type de femmes nonchalantes et languides qu'on dirait faites de miel brun, elles en ont la saveur sucrée, le contact lisse et l'étonnante onctuosité » (troisième partie, chapitre XL), assez grandes et aux cheveux longs, quelquefois rousses ou châtain clair, originaires de Grasse mis à part quelques Italiennes. Leur apparence ne l'intéresse pas, seule compte leur essence. Laure Richis, rousse aux yeux verts, est la pièce maitresse de son œuvre, parce qu'elle possède la plus exquise de toutes les fragrances féminines.

CLÉS DE LECTURE

LE PORTRAIT D'UN PSYCHOPATHE

Son ambivalence

Tantôt présenté comme un héros, tantôt comme un être abject, Jean-Baptiste Grenouille inspire des sentiments opposés.

Plusieurs facettes de sa personnalité le rapprochent des héros littéraires admirés au fil des siècles.

- Comme les héros de l'Antiquité, Jean-Baptiste possède un don surnaturel : son odorat. À ce don incroyable s'ajoute une sorte d'immortalité. Considéré à plusieurs reprises comme condamné, il survit à bon nombre de maladies et d'infortunes (comme l'épisode où il manque de mourir gelé dans la grotte). De plus, les conditions qui l'ont vu naitre ne sont certes pas prodigieuses comme celles des demi-dieux de la mythologie, elles sont néanmoins peu communes. Jean-Baptiste Grenouille peut ainsi s'apparenter à des héros comme Hercule ou Achille.
- À l'instar des héros de Corneille (poète dramatique français, 1606-1684), Grenouille est soumis très tôt à la fatalité. Les malheurs font partie intégrante de sa vie dès son premier souffle. Dès lors, il gravit les échelons grâce à son mérite personnel. Il parvient à ses fins en créant le parfum ultime, celui qui contrôle l'amour des gens. Il comprend cependant le mal qu'il a fait et se rend compte que le bonheur n'est pas à la clé. Cette prise de conscience le pousse à se donner une mort spectaculaire.

- Grenouille partage aussi certains traits caractéristiques des héros romantiques. Homme du peuple, son parcours, sa force de caractère et son abnégation lui permettent de s'élever. Il se fraie un chemin allant d'une naissance sous le tréteau d'un marché à l'apprentissage des secrets des parfumeurs de Grasse. La fidélité à ses convictions le mène à la réussite de son projet insensé, malgré l'oppression qu'il a dû endurer.

- La quête de Jean-Baptiste est aussi celle de l'artiste du XIXe siècle qui cherche la perfection, la beauté dans l'art. Il pense ainsi que « sa vie avait un sens et un but et une fin et une mission transcendante ; celle, [...] de révolutionner l'univers des odeurs, pas moins » (première partie, chapitre VIII). La valeur pécuniaire est donc sans intérêt pour lui. Il cherche à créer la fragrance parfaite : une odeur pour lui, un parfum qui embaumerait le monde et effacerait toute trace de puanteur. Cette recherche est aussi une réaction face aux valeurs sociales dominantes : Jean-Baptiste Grenouille se sent menacé par le monde extérieur, il se replie donc sur lui-même et son art, la parfumerie.

D'autres aspects le présentent cependant comme l'antihéros par excellence.

- Au XVIIe siècle, les antihéros commencent à prendre le pas sur les héros. Leur héroïsme se dissout face à l'aberration de leur caractère. Don Quichotte (héros du roman homonyme de Miguel de Cervantes, romancier espagnol, 1547-1616) voulait faire renaitre les valeurs de la chevalerie dans un monde totalement éloigné de telles valeurs ;

Grenouille veut effacer la puanteur du monde. Tous deux se bercent d'illusions dans une sorte de folie.

- Grenouille va plus loin dans la noirceur, n'hésitant pas à employer des méthodes meurtrières pour atteindre son objectif. Il procède par palier avant d'être certain que le meurtre d'êtres humains est la seule manière de réussir son projet. Une fois cette certitude acquise, il n'hésite pas un instant avant de passer à l'acte.

- La vilénie de son âme se traduit aussi par sa laideur physique. Son corps présente des difformités tout comme son visage qui est rongé par les maladies. Il est d'ailleurs comparé au fil du roman à une tique, animal laid et détesté qui s'accroche, quoiqu'il arrive, à tout.

Sa pathologie

Au fil du roman, Jean-Baptiste Grenouille semble être atteint de diverses pathologies qui le poussent irrémédiablement à tuer.

Lorsque le père Terrier récupère l'enfant Grenouille, il reste interdit face à la raison invoquée par la nourrice : ne sentant pas l'odeur de ce nourrisson, elle ne peut s'en occuper plus longtemps. Interloqué, le père Terrier la croit folle et prononce cette phrase : « Le fou voit avec son nez. » (première partie, chapitre III) Le lecteur se rend compte, par la suite, que la nourrice était plus clairvoyante que le père Terrier au sujet de l'enfant. Les paroles prononcées par le père décrivent en réalité Jean-Baptiste Grenouille. Cette fragilité mentale sert notamment d'échappatoire face à un monde au bord du désastre. Grenouille pourrait être un héros fou qui cherche à échapper à la puanteur du monde, signe de son déclin. Cette folie se traduit aussi dans les rêves dans lesquels Jean-Baptiste se voit à la fois comme « [le] vengeur et [le] créateur du monde » (deuxième partie, chapitre XXVII).

D'une misanthropie de plus en plus affichée (aux yeux du lecteur, et non des personnages entourant Grenouille), il sombre finalement dans la mégalomanie. Cette dernière se manifeste à mesure qu'il prend confiance :

> « [I]l eut de la peine à ne pas cracher sa bile et son venin à la face de tous ces gens en leur criant triomphalement : qu'il n'avait pas peur d'eux [...] ; qu'en revanche il les méprisait avec ferveur [...] parce qu'ils se laissaient abuser et tromper par lui ; parce qu'ils n'étaient rien et qui lui était tout ! » (deuxième partie, chapitre XXXII)

Son état mental ne lui permet toutefois pas de connaitre la frontière entre le Bien et le Mal. Son éducation ne lui a donné aucune barrière morale.

Son obsession

Un évènement vient bouleverser l'existence de Grenouille : la fille de la rue des Marais épluchant des mirabelles.

> « [U]ne bribe ténue, sensible durant une brève seconde tout au plus, magnifique avant-goût [...] qui aussitôt disparaissait à nouveau. Grenouille était à la torture [...]. Il avait l'étrange prescience que ce parfum était la clé régissant tous les autres parfums et qu'on ne comprenait rien aux parfums si l'on ne comprenait pas celui-là ; et lui, Grenouille, allait gâcher sa vie s'il ne parvenait pas à le posséder [...] pour assurer la tranquillité de son cœur. » (première partie, chapitre VIII)

Enivré par son odeur, il l'étrangle pour humer tranquillement la moindre parcelle de son parfum : « Il avait l'impression de naître une seconde fois, ou plutôt non, pour la première fois, car jusque-là il n'avait existé que de façon purement animale. » (*ibid.*) Ce moment conditionne toute la suite : il se dote d'un objectif – reproduire ce parfum, le sublimer – et d'une persévérance étonnante, qu'il exerce chez Baldini et chez Mme Arnulfi. Cette idée fixe se mue vite en une obsession qui régit toute sa vie. Dans cette optique, le moindre obstacle, même temporaire, le démoralise profondément et le rend extrêmement malade. Ce besoin le domine à un point tel que tout le reste l'indiffère : même la vie d'autrui est un détail négligeable, c'est pourquoi il ne recule pas devant le meurtre pour atteindre son objectif (son absence d'odeur corporelle lui permet de ne pas être détecté par les chiens). Afin d'élaborer le parfum suprême, il devient un véritable tueur en série.

Ses aspirations

Sur cette obsession vient se greffer un autre dessein : obtenir, par le parfum, l'amour des autres. Au départ, Grenouille est misanthrope car l'odeur humaine lui semble inintéressante, jusqu'à ce qu'il comprenne qu'elle l'oppresse. Mais son expérience de reclus lui fait comprendre le pouvoir caché de sa passion :

> « Car l'odeur était sœur de la respiration. Elle pénétrait dans les hommes en même temps que celle-ci ; [...] elle y décidait catégoriquement de l'inclination et du mépris, du dégoût et du désir, de l'amour et de la haine. Qui maîtrisait les odeurs maîtrisait le cœur des hommes. » (deuxième partie,

Revenu à la civilisation, Grenouille se résout tantôt à manier le mensonge, tantôt à se rendre ennuyeux. Ainsi, il dissimule ses intentions. Pendant ce temps, il confectionne une série de parfums : une odeur humaine de substitution pour lui, puis tout un attirail de senteurs suscitant diverses émotions sur ses interlocuteurs, jusqu'à un parfum de banalité qui trompera Richis protégeant sa fille. Enfin, il parvient à forger un élixir capable de commander irrésistiblement l'esprit des hommes. C'est une combinaison d'amour et de haine qui anime Grenouille : il déteste les humains, mais recherche leur admiration.

Jean-Baptiste croit avoir atteint son but et satisfait son désir. Mais il s'aperçoit de deux choses :

- une fois le chef-d'œuvre créé, son auteur n'a plus aucune raison de vivre ;
- ce n'est pas Jean-Baptiste que les gens adorent, mais son parfum. Il sait qu'il ne sera jamais aimé pour ce qu'il est. C'est pourquoi il choisit de mettre un terme à son existence.

UN RÉCIT OLFACTIF

Pour rendre compte des nuances flairées par Grenouille, Süskind est un virtuose. Il a admirablement bien décrit les odeurs, comme aucun écrivain ne l'avait encore fait. L'auteur étend ainsi le spectre des outils capables de consolider ce qu'on appelle l'« illusion du réel », à côté des sens privilégiés que sont la vue et l'ouïe :

> « Ce parfum avait de la fraîcheur ; mais pas la fraîcheur des
> limettes ou des oranges, pas la fraîcheur de la myrrhe ou de
> la feuille de cannelle [...]... et il avait en même temps de la
> chaleur ; mais pas comme la bergamote, le cyprès ou le musc,
> pas comme le jasmin ou le narcisse, [...]... Ce parfum était
> un mélange des deux, de ce qui passe et ce qui pèse ; pas un
> mélange, une unité, et avec ça modeste et faible, et pourtant
> robuste et serré, comme un morceau de soie chatoyante...
> et pourtant pas comme de la soie, plutôt comme du lait de
> miel où fond un biscuit [...] ! » (première partie, chapitre VIII)

Pour ce faire, Süskind s'est formidablement bien documenté sur les techniques de parfumerie et de composition des arômes. Il a notamment bénéficié de renseignements de l'entreprise Fragonard à Grasse.

UNE DESCRIPTION DU XVIIᵉ SIÈCLE

Sur les siècles qui nous précèdent, nous posons habituellement un regard aseptisé. Süskind répare ce tort. En nous plongeant littéralement dans le Paris d'alors, il nous fait respirer les relents de la ville, la crasse des habitants sans hygiène, les pots de chambre vidés sur la rue, les tas d'ordures ménagères éparpillées, l'insalubrité des arrière-cours, les poissons putréfiés, l'âcreté des tanneries, etc. Certains affirment que l'écrivain s'est inspiré d'une étude historique sur les odeurs rédigée par Alain Corbin (historien français, 1936), *Le Miasme et la Jonquille* (1982).

Notons cependant que pour nous faire ressentir l'ambiance de l'époque, Süskind dépeint aussi les mentalités des uns et des autres – jusque dans leur façon de s'exprimer. Il évoque :

- les hésitations du père Terrier face aux contradictions des Écritures, et son mépris de la superstition populaire (première partie, chapitre III) ;
- la pensée des Lumières, désapprouvée par Baldini (première partie, chapitre XI) ;
- l'engouement désordonné pour les sciences en tous genres, incarné par le marquis de la Tallaide-Espinasse (deuxième partie, chapitre XXX).

C'est aussi une société violente que l'auteur représente, où chacun se caractérise par un comportement orgueilleux, vénal ou querelleur.

UN ROMAN HYBRIDE

Le Parfum se trouve à la croisée des genres littéraires : on y trouve des caractéristiques propres à différents genres. Trois prédominent :

- **Le roman historique**. Le roman est truffé d'informations historiques précises : « Pendant ce temps, dans le monde extérieur, la guerre faisait rage […]. On se battit en Silésie et en Saxe, au Hanovre et en Belgique […] » (deuxième partie, chapitre XXVIII). En plus de contextualiser l'histoire de Jean-Baptiste Grenouille, ces indications participent à l'effet de réel.
- **Le conte philosophique**. Tout d'abord, les premières lignes sont semblables à l'incipit d'un conte qui situe les faits avant d'entrer dans l'histoire. Les digressions sont en outre nombreuses (« Puisqu'à cet endroit de l'histoire nous allons abandonner Mme Gaillard […], nous allons en

quelques phrases dépeindre la fin de sa vie », première partie, chapitre V). L'ironie, comme dans les contes voltairiens, est présente par touche dans ce roman. C'est le cas lorsque la théorie du marquis de la Taillade-Espinasse est acclamée par le public universitaire montpelliérain, théorie que Grenouille avait déjà tourné en dérision en simulant une crise face au parfum du marquis.

- **Le roman d'apprentissage.** La structure de ce roman trace la destinée d'un homme, Jean-Baptiste Grenouille, depuis sa naissance jusqu'à sa mort. Confronté au monde qui lui est hostile, il doit poursuivre sa route et s'enrichit aux contacts des autres (qui ne lui sont pas toujours favorables). Grenouille, même s'il évite le monde, évolue malgré tout grâce à lui.

L'hybridité du *Parfum* crée un mélange surprenant, tantôt dérangeant, tantôt fascinant. Le lecteur s'attache à ce héros tueur en série qu'est Jean-Baptiste Grenouille, tout en condamnant les meurtres qu'il commet. En refermant le roman, le lecteur est donc partagé. Il ne peut pas non plus rester indifférent à ce dosage subtil des genres.

PISTES DE RÉFLEXION

QUELQUES QUESTIONS POUR APPROFONDIR SA RÉFLEXION...

- Pourquoi les quatre parties du récit sont-elles de taille différente ?
- Identifiez le type de narration employé par l'auteur.
- À quel insecte Jean-Baptiste est-il assimilé ? Justifiez cette analogie.
- À quels autres animaux est-il comparé ? Relevez quelques extraits.
- Dans le chapitre XXVI, identifiez les passages parodiant les textes bibliques et les discours royaux.
- Grenouille peut-il être comparé à Vulcain/Héphaïstos, le dieu gréco-romain ? Pour compléter votre réponse, faites des recherches documentaires.
- À quel mythe antique transmis par Platon (philosophe grec, 427-348/347 av. J.-C.) l'épisode du plomb du Cantal peut-il faire penser ?
- Mettez en évidence ce qui oppose la ville et la nature dans ce roman.
- Pourquoi le personnage de Grenouille peut-il être interprété à la fois comme un individu maléfique et comme un martyr chrétien ? Étayez votre réponse par des extraits.
- En quoi l'endroit où Grenouille choisit de mourir est-il significatif ?

POUR ALLER PLUS LOIN

ÉDITION DE RÉFÉRENCE

- Süskind P., *Le Parfum*, Paris, Fayard, 1986.

ÉTUDES DE RÉFÉRENCE

- Aron P., Saint-Jacques D. et Viala A. (dir.), « Art pour art », « Conte », « Folie » et « Héros et antihéros », in *Le Dictionnaire du littéraire*, Paris, Presses universitaires de France, 2002.
- Scholl J., *50 incontournables romans du XXᵉ siècle*, Paris, La Martinière, 2006.

ADAPTATION

- *Perfume: the Story of a Murderer*, film de Tom Tykwer, avec Ben Wishaw, Dustin Hoffman et Alan Rickman, Allemagne, Espagne et France, 2006.

ISBN version numérique : 978-2-8062-9054-0
ISBN version papier : 978-2-8062-9055-7
Dépôt légal : D/2016/12603/820

Avec la collaboration de Florence Balthasar pour les chapitres suivants : « Son inadéquation au monde », « Son ambivalence », « Sa pathologie » et « Un roman hybride ».

Conception numérique : Primento,
le partenaire numérique des éditeurs.

Ce titre a été réalisé avec le soutien de la Fédération Wallonie-Bruxelles, Service général des Lettres et du Livre.

Retrouvez notre offre complète sur lePetitLittéraire.fr

- des fiches de lectures
- des commentaires littéraires
- des questionnaires de lecture
- des résumés

ANOUILH
- Antigone

AUSTEN
- Orgueil et Préjugés

BALZAC
- Eugénie Grandet
- Le Père Goriot
- Illusions perdues

BARJAVEL
- La Nuit des temps

BEAUMARCHAIS
- Le Mariage de Figaro

BECKETT
- En attendant Godot

BRETON
- Nadja

CAMUS
- La Peste
- Les Justes
- L'Étranger

CARRÈRE
- Limonov

CÉLINE
- Voyage au bout de la nuit

CERVANTÈS
- Don Quichotte de la Manche

CHATEAUBRIAND
- Mémoires d'outre-tombe

CHODERLOS DE LACLOS
- Les Liaisons dangereuses

CHRÉTIEN DE TROYES
- Yvain ou le Chevalier au lion

CHRISTIE
- Dix Petits Nègres

CLAUDEL
- La Petite Fille de Monsieur Linh
- Le Rapport de Brodeck

COELHO
- L'Alchimiste

CONAN DOYLE
- Le Chien des Baskerville

DAI SIJIE
- Balzac et la Petite Tailleuse chinoise

DE GAULLE
- Mémoires de guerre III. Le Salut. 1944-1946

DE VIGAN
- No et moi

DICKER
- La Vérité sur l'affaire Harry Quebert

DIDEROT
- Supplément au Voyage de Bougainville

Dumas
• Les Trois
  Mousquetaires

Énard
• Parlez-leur
  de batailles,
  de rois et
  d'éléphants

Ferrari
• Le Sermon sur la
  chute de Rome

Flaubert
• Madame Bovary

Frank
• Journal
  d'Anne Frank

Fred Vargas
• Pars vite et
  reviens tard

Gary
• La Vie devant soi

Gaudé
• La Mort du
  roi Tsongor
• Le Soleil des
  Scorta

Gautier
• La Morte
  amoureuse
• Le Capitaine
  Fracasse

Gavalda
• 35 kilos d'espoir

Gide
• Les
  Faux-Monnayeurs

Giono
• Le Grand
  Troupeau
• Le Hussard
  sur le toit

Giraudoux
• La guerre de
  Troie
  n'aura pas lieu

Golding
• Sa Majesté des
  Mouches

Grimbert
• Un secret

Hemingway
• Le Vieil Homme
  et la Mer

Hessel
• Indignez-vous !

Homère
• L'Odyssée

Hugo
• Le Dernier Jour
  d'un condamné
• Les Misérables
• Notre-Dame
  de Paris

Huxley
• Le Meilleur
  des mondes

Ionesco
• Rhinocéros
• La Cantatrice
  chauve

Jary
• Ubu roi

Jenni
• L'Art français
  de la guerre

Joffo
• Un sac de billes

Kafka
• La Métamorphose

Kerouac
• Sur la route

Kessel
• Le Lion

Larsson
• Millenium I. Les
  hommes qui
  n'aimaient pas
  les femmes

Le Clézio
• Mondo

Levi
• Si c'est un
  homme

Levy
• Et si c'était vrai...

Maalouf
• Léon l'Africain

Malraux
- La Condition humaine

Marivaux
- La Double Inconstance
- Le Jeu de l'amour et du hasard

Martinez
- Du domaine des murmures

Maupassant
- Boule de suif
- Le Horla
- Une vie

Mauriac
- Le Nœud de vipères

Mauriac
- Le Sagouin

Mérimée
- Tamango
- Colomba

Merle
- La mort est mon métier

Molière
- Le Misanthrope
- L'Avare
- Le Bourgeois gentilhomme

Montaigne
- Essais

Morpurgo
- Le Roi Arthur

Musset
- Lorenzaccio

Musso
- Que serais-je sans toi ?

Nothomb
- Stupeur et Tremblements

Orwell
- La Ferme des animaux
- 1984

Pagnol
- La Gloire de mon père

Pancol
- Les Yeux jaunes des crocodiles

Pascal
- Pensées

Pennac
- Au bonheur des ogres

Poe
- La Chute de la maison Usher

Proust
- Du côté de chez Swann

Queneau
- Zazie dans le métro

Quignard
- Tous les matins du monde

Rabelais
- Gargantua

Racine
- Andromaque
- Britannicus
- Phèdre

Rousseau
- Confessions

Rostand
- Cyrano de Bergerac

Rowling
- Harry Potter à l'école des sorciers

Saint-Exupéry
- Le Petit Prince
- Vol de nuit

Sartre
- Huis clos
- La Nausée
- Les Mouches

Schlink
- Le Liseur

SCHMITT
- La Part de l'autre
- Oscar et la Dame rose

SEPULVEDA
- Le Vieux qui lisait des romans d'amour

SHAKESPEARE
- Roméo et Juliette

SIMENON
- Le Chien jaune

STEEMAN
- L'Assassin habite au 21

STEINBECK
- Des souris et des hommes

STENDHAL
- Le Rouge et le Noir

STEVENSON
- L'Île au trésor

SÜSKIND
- Le Parfum

TOLSTOÏ
- Anna Karénine

TOURNIER
- Vendredi ou la Vie sauvage

TOUSSAINT
- Fuir

UHLMAN
- L'Ami retrouvé

VERNE
- Le Tour du monde en 80 jours
- Vingt mille lieues sous les mers
- Voyage au centre de la terre

VIAN
- L'Écume des jours

VOLTAIRE
- Candide

WELLS
- La Guerre des mondes

YOURCENAR
- Mémoires d'Hadrien

ZOLA
- Au bonheur des dames
- L'Assommoir
- Germinal

ZWEIG
- Le Joueur d'échecs